LE CAQVET DES FEMMES DV FAVXBOVRG Mont-Marthre.

Auec la responce des filles du Foux-beurg Sainct Marceau.

A PARIS,

Chez Guillaume Gratte-lard, ruë des Poyreaux, vis à vis de la Citrouille, à l'enseigne des trois Nauets.

M. DC. XXII.

(5)

LE CAQVET DES DAmes d'Amour en leur assemblee au faux-bourg Mont-marthe.

Auec les Regrets & complainctes des Filles de Ioye sur l'absence de leurs Amans.

CE n'est pas d'aujourd'huy, que les femmes font des monopoles & des assemblees, depuis que ie suis reuenu d'Italie, on m'a dit qu'elles s'estoiēt assemblees diuerses fois au faux-bourg de Mont-marthe: (car l'on tient que c'est leur retraitte ordinaire) & qu'elles auoient fait vn complot vniuersel entre eux de r'encherir leurs denrees, puis que la foire ne leur estoit point fauorable: mais pour faire le potage, on trouua que le pot estoit fendu, & qu'il ne falloit point vn grand choc pour le casser. Chacun voulut donner sa voix, touchant vn arrest qui auoit esté fait contre les chastrez, vne entre autre s'esleua & voulāt donner sa sentence aussi bien que monsieur Iosse Cordonnier en *l'assemblee de la Rochelle*. Commença à tirer vn long souspir hors de sa poitrine, & faisant à peine esclore ses sanglos d'vn ton entre-couppé, profera ces mots, ah mes Dames, qu'il vaudroit bien mieux dresser nos operarions alieurs, *non tempore tali.*

Cogere concilium dum muros obsidet hostis,

(Elle parloit Latin sans doute que quelque Pedan luy auoit fait entrer l'esprit dans le corps) helas les Rochelois sont bien cause de nos malheurs despuis leurs rebellions, nous n'auons pas gaigné pour auoir du pain. Le Regiment des gardes qui nous entretenoit, & en qui seul estoit fondé l'ancre de nostre esperance, qui auoit le timon de nos Nauires & qui tenoit le gouuernail de nostre gondole, s'en est allé à nostre grãd regret, & puis le mestier est bradé pour le iourd'huy, on ne vid iamais la Confrairie si peuplee, il y a des cornes assez à Paris, pour charger trente vaisseaux, tous les fauxbourgs de ceste ville ne sont remplis que de nos parens qui ne font que regretter la perte qu'ils ont fait de leur pucelage, encor s'il y auoit quelque apparence de bon temps pendant que les bleds sont grands ce seroit vn reconfort pour nous: mais helas, chacun auiourd'huy s'en mesle, la gresle ne fait pas tant de degast par les champs, ny les rauines d'eau ne font vn tel rauage que nous auons fait depuis vn mois, tous les bleds sont versés encor ceux qui ont suiuy l'armee ont de l'aduantage par dessus nous : car elles ne manqueront point de poudres ny de munition, il n'y aura qu'vne chose qu'on ne pourra iamais mettre les balles dans les pieces pour bon Cannonier, qui les puisse charger : mais comme en tout inconueniẽs, il est bon tousiours d'aduiser au mieux, c'est qu'il nous faut faire comme les chiens quand on les a battu, il faut mettre sa queuë entre deux iambes & prendre patience.

Ceste harangue esmeut toute l'assistance: Margot Pisse à terre voulut opiner la dessus & comme la plus hardie d'entre tous Commença de la sorte : Helas mes cheres amies: la vieillesse que vous remarquez en mon front me fait bien cognoistre combien les douleurs que vous ressentez sont grandes durant mon ieune temps, i'auois de coustume de depiter les destins, quant mon amant s'esloignoit de ma chere presence, iamais la timidité ne s'empara de mon cœur, i'auois tousiours la hardiesse d'attendre mon homme lors de son retour: C'estoit alors que mon courage s'animoit à la deffaite. Ie ne respirois que les assauts, les Combats & la meslee auec mon assaillant : mais quant ie voyois vn homme qui d'vn coup mettoit dans le but & touchoit au noir. Cela me faisoit tressaillir d'aise, maintenant ie suis seule, helas desconfortee, encor quelquefois Crisigoulin me donnoit quelque portion de son gouster: mais il s'en est allé, la lampe s'esteindra auec le temps faute d'huyle.

Francisquine à ces mots, se sentant venir l'eau à la bouche, rompit son silence, & s'escria ametement, helas mon Amant est allé despuis deux iours en l'armee : I'en ay tous les regrets qu'on peut auoir de ce que l'on aime mieux dés mon enfance, il faut que ie confesse que i'ay tousiours esté assez misericordieuſe, i'ay touſiours mieux aymé de loger les nuds que de laiſſer refroidir à ma porte. I'ay preſté le mien à ceux qui me l'ont demandé, maintenant i'ay tout perdu excepté mon honneur: car ie n'en ay iamais eu & principalement quand i'ay veu quelqu'vn à genoux teſte nuë & en chemiſe implorer mon ſecours: ç'a eſté alors que muë de pitié & de compaſſion: ie luy ay laiſſé manger ſa ſouppe dans mon eſcuelle, & tremper ſon pain dans mon pot ſelon ſon plaiſir. Ces contentemens ſi doux eſtans maintenant ſeparez de moy qui ne void à l'œil que le regret m'en demeure engraué eternellement dans le cœur auſſi bien que les larmes aux yeux.

Groſſe Ieane auec ſes trippes de mamelles, oyant parler de larmes ſe mit à pleurer & à gemir: Helas diſoit-elle, que i'ay bien plus d'occaſion de gemir & de pleurer que vous autres: Moy qui ſuis craintifue & qui n'oſe coucher ſeulette ou ſans compagnie, mon ſeruiteur que i'affectionnois plus que l'ormeau ne fait la vigne: Deſpuis deux mois eſt mort, il auoit ſuiuy monſieur de Soubiſe, il eſt bien vray qu'il a eſté puny ſelõ ſes demerites, auſſi luy auois ie touſiours bien dit. Cela me touche au vif, i'en ſens vn regret immortel dans l'ame, qui m'attache à vn caucaſe de malheur ou ie ſuis rongee iuſques aux os, par vn Vautour de triſteſſe, il me faut maintenant coucher ſeulette, aller ſeule par la chambre : ie n'ay perſonne auec qui me reconforter & me ſoulager de mes peines.

Ce fut icy ou la delicatte Madelon laiſſant eſpancher les treſſes dorees de ces cheueux aux Zephirs qui voletoient à l'entour d'elle, profera ces parolles, helas qui peut à bon droit ſe plaindre & eſgaler ſes tourmens aux miens qui peut marcher de pair auec mes triſteſſes durant l'heureux ſeiour de mon Amant, en ces cartiers i'eſtois touſiours auec luy, friande à la verité, i'aymois le ſuccre & à ſauourer la delicateſſe de la viande qu'il mettoit cuire au pot : Ainſi on flaire le melon à la queuë, puis on le detranche & mange à loiſir. Mais deſpuis qu'on m'a dit qu'il a eſté pendu à Verneuil auec ſes trois compaignons, ie n'ay fait que languir, i'en ſuis toute conſtipee & me faudroit vn bon Apoticaire pour me ſeringuer vn cliſtaire, & me remettre en mon premier eſtat.

La groſſe Perrette oyant parler de cliſtaire, ne peut ſe tenir d'en dire ſa rattelee, vous en parlez tretoutes ſelon vos conceptions (dit-elle) mais il n'y a perſonne en la compaignie qui en puiſſe dire pluſtoſt des nouuelles que moy, il y a huict iours que mon pauure Colin eſt ſorty de Paris pour aller à la foire à cinquante lieues d'icy, ie ne puis durer deſpuis ſon abſence : i'ay ſi peur de le perdre que i'en ay fait venir vn autre, auſſi

me tient on pour vn peu auare. I'aime bien à mesler mes affaires parmy celles de mon voisin, pourueu qu'on me face tousiours la meilleure part : toutefois ie regrette tousiours mon pauure seruiteur, iamais ié n'en rencontreray de pareil, il auoit la teste blanche & estoit vn peu vieillard à la verité: mais il estoit du naturel des poireaux, il auoit la queuë verte

La petite Florence à ce mot de queuë, qui aimoit le haut goust, en voulant taster deuant que de partir [car elle estoit vn peu hastee] chacun, dit-elle, sçait bien que ie suis diligente en mes actiõs, & que i'aime mieux trauailler que de demeurer oysiue & à riẽ faire, c'est ma nature qui m'y conduit, le moins de temps que iusques icy ie pouuois perdre ça esté mon meilleur : mais pour le iourd'huy ie suis toute esploree, i'ay perdu ce que i'aimois de mieux : on m'a dit pour le certain, que mon Amant a esté pris à rançon en vne rencontre qu'il a fait, & faute de payer *in ære* qu'il a payé *in cute*. Cela me donne de grands eslancemens de tristesses: car toute la diligence que ie pourray apporter à ma besongne d'oresnauant ne pourra de rien me seruir : car i'ay perdu les principaux outils dont ie me seruois : mais il faut prendre patience, puis que i'ay vn déz ie trouueray vn esguille quand ie voudray.

Nicole plaine de ceremonie, contestant auec la pauure Iaqueline à qui parleroit la premiere

premiere. Iusques icy dit elle, i'ay fait comme les Medecins, qui venant voir le malade refusent l'argent d'vne main & la prennent de l'autre, ie me fais quelquefois ventouser à couuert, & estois bien aise de taster vn morceau de queue de mouton quand l'occasion se presentoit : mais on m'a dict, que mon amy passant pres la rue du Bourg-l'Abbé, marcha sur la platte d'vne orange, & glissant dans vn bordeau, i'en ressens de grands regrets : car ie vous laisse à penser le mal & le tourment qu'on peut auoir, de voir boire vn autre dans la lechifritte qui ne deuroit seruir qu'à soy mesme, & à receuoir ce qui desgoutte de Lesclange.

Ce n'est rien de celà, repliqua la pauure Iacqueline, pour mõ regard, quãd il en viendroit vne centaine le iour, ie ne refuse rien, tout est de profit, ie demande & donne à tout le monde : ie suis tousiours alteree & seiche comme les habitans de l'equinoctial, il est bien vray que ie suis vn peu foible, il ne me faut pas beaucoup pousser pour me ietter à la renuerse, il est bien vray de ce qu'on dit des femmes, que leur teste est de Buis, leur deuant de bois de Sapin, & le derriere de bois de Tremble : car nous sommes tousiours en bransle & cheminons d'aduantage du cul que des pieds, aussi nos fesses sont elles tousiours plus grosses que celles des hommes suiuant vn Edict du port au foin, & des Mareschaux qui disent, que l'enclume doit estre tousiours plus grosse que le marteau: mais quand ie pense, la perte que i'ay fait de mon cher Guillemin qui m'affectionnoit tant, ie ne peux expliquer la douleur au dehors que ie ressens au dedans.

Catherine la goulue interuint la dessus, auec vn arrest du faux-bourg sainct Marceau, disant, que pour son regard elle l'auoit auallé sans macher de tout temps, & qu'elle ne regarde ny à la longueur ny à la grosseur de la viande pourueu qu'il y eut de la sausse, toutefois que l'absence de son Cappitaine Rolin luy auoit laissé vn grand eslancement de tristesse dans le cœur. Elle alloit verser vn torrent de larmes si la galeuse Alizon ne se fut escrié: Helas ma commere mamie si i'ay perdu mon cher amy, c'est bien ma faute, il me portoit vne affection outre l'ordinaire des autres: mais son trop d'amour la fait perdre, il s'y est enfoncé iusques au ventre à son grand desaduantage, il a peché en eau trouble. La verolle le prit au collet, de sorte qu'il fallut sortir dehors pour aller en suede, & passer par dessus la ligne equinoctialle. Le Duc de Bauiere le vint voir: mais le pauure homme ne luy fit iamais aucune bonne reception ny bonne chere: car il n'auoit point de dents, cela toutefois me donne de tourment, puis que i'en suis la seule cause comme elle acheuoit.

La Robuste & forte Martine prit la parolle, vous auez toutes declaré le tourment qui agite & bouleuerse vos passions, dit-elle, mais ie me vois iour le iour de la fortune, & a Girondelle du destin depuis l'absence de mon cher Lucas, il estoit bon chaudronnier, il sçauoit en peu de temps comme il faut faire vn pied à vne marmitte, ie ne fais que gemir, i'auois coustume d'estre chargee à la difference des cheuaux : car ils sont chargez sur le dos & moy ie porte sur le deuant, & moy, dit la grosse Prigne, ie me despite sur le ieu : car ie donne tousiours deux coups pour vn, & iamais ne me laisse emporter à ceux qui tient le dessus, pour moy, dit la douce Geneuiefue: Ie ne suis pas comme les autres femmes quant on me leue vne iambe ie leue incontinent l'autre, ie ne peux toutefois si bien faire que ie ne regrette l'absence du compere Iean Simon qui me relançoit la babaude.

Ah, voyla vn mot qui me creue le cœur, dit alors la seigneure Isabelle, depuis l'absence de Lucas Iouffu qui me relançoit le Limosin, ie ne vis plus, on dit que Charon passe les morts, mais ie passe souuent les vifs, maintenant ie suis cõme vne pauure Andromede, qui n'attent que l'industrieux Persee pour me secourir : car ie ne peux tirer vent de ma piece si ie ne la mets en perce.

Elle n'eut pas finy qu'vn gemissement general, se fit entendre par toute l'assemblee on n'entendoit que souspirs, que tristesse, que larmes, de sorte que les pleurs croissans ces souspirs eslancez d'vn cœur remply de douleur, paruinrent ces derniers iours iusques aux oreilles des filles du faux-bourg sainct Marceau, non de toutes (car il y a tousiours quelque grain de froment dans vne campaigne de seigle.) Grosse Marion qui preside en ces quartiers, fit assembler ses gens pour resoudre ce qu'il estoit question de faire en vne affaire si vrgente, entre dit elle qui voudra en mon logis, ie creueray plustost que de fermer la porte, facent les destins ce qu'ils pourront, si est-ce qu'ils ne m'empescheront iamais de dire, que iusques à present, nous auons resisté tant que nous auons peu aux assauts batailles & machines de guerres qu'on nous a dressé. Ie ne puis me fondre en larmes pour l'absence de mon gentil marmitton de Fritelin, pou vn perdu deux recouuerts à quoy bon tant de pleurs & tant de gemissemens entre nous autres, principalemẽt qui sommes en ce faux bourg qu'on a veu autrefois tout en nage, à cause de l'innondation du petit ruisseau qui y passe, si nous ouurons iamais la bonde de nos larmes, nous ferons naistre vn autre deluge en ce quartier.

La petite Marguerite voulant y mettre son né, pour moy, dit-elle, ie n'ay pas dequoy plorer ny gemir iusques à present, ie n'ay pas encor ressenty les traits ny les fleches de Cupidon, toutefois, encor serois-ie bien aise de manger quelquefois mon pain au flair-

bien que ce ſoit vne grande folie de s'attriſter de cet affaire: car il y a vne infinité de remedes à nos playes, ſi le Medecin n'eſt pas au logis, il faut aller querir l'Appoticaire ou le Chirurgien, les moins experimentez ſont les plus adroits, & non ſe laiſſer ainſi conſommer en pleurs & en plaintes pour des friuolles.

Friuolle, mercy de ma vie (reſpondit dame Claudine) appellez vous friuolles, que de perdre la clef d'vne ſerrure qui s'enroüile à la fin & ſe conſomme en vain, ſi on ne l'ouure à chaque bout de champ: mon pere eſt ſerrurier: mais pour entretenir les ſerrures, il les engraiſſe d'vn peu d'huyle d'oliue auec vne plume, à quoy bon d'auoir vn cabinet d'Allemaigne touſiours ferme, ſans pouuoir l'ouurir en aucune façon que ce ſoit, pour moy, ie ſuis bien pauure d'eſprit: mais ſi mon ſeruiteur m'auoit ioué ce tour là & qu'il eut emporté la clef de mon coffre, ie vous iure Hippolitte, que ie luy en ferois reſſouuenir, tout beau, tout beau reſpondit Filipperte, on n'eſt pas touſiours en colere, ſi cet accident arriuoit qu'on vous euſtes deſrouillé voſtre clef, il y a des ſerruriers aſſez en l'Vniuerſité vous feriez toute aiſe de les chercher pour deſerrér le reſſort de voſtre cabinet, il ne fait pas bon ſe tenir touſiours ſur les demarches, & faire tant la rancherie, principalement au temps ou nous ſommes.

Sur ces entrefaites, comme chacun auoit

pris son siege pour entrer en propos.

Dame Isabeau, bien que bossuë & boiteuse des deux costez, y voulut inserer le sien à vous voir dit-elle, il semble que vous voulussiez faire vn procez de tous ces discours, laissez parler le monde, dise ce qu'il voudra, pour mon regard ie suis asseuree, que bien que ie sois boiteuse, i'auray tousiours le droit quand ie voudray plaider, i'auray bien tost deschargé mes pieces, ie n'auray qu'à changer de pacquet & mettre la charge que i'ay sur le dos, sur le deuant i'en iray beaucoup mieux, n'est-ce pas vne grande folie, de se plaindre de la perte ou de l'absence d'vn seruiteur, i'allay l'autre iour à la Greue ou pour vn perdu i'en recouuray plus de cent.

Cathau la Iousfluë helas ma cousine dit-elle, faites moy ce bien que de m'en donner vn, ie ne vis plus, ie ne fais plus que languir depuis l'autre iour que le compere Blaise mourut en l'eau, il se vouloit mettre trop auant, ie luy auois tousiours bien dit, il ne si faut mettre que iusqu'au ventre, encor aura on de mal assez à s'en retirer, principalement s'il y a du bourbier au fonds, elle alloit acheuer vn beau discours : mais de malheur, voicy venir la grosse Simone toute esperduë & escheuelee qui vint apporter nouuelle que toute la ruë estoit en emotion à cause d'vn Sauetier qui se plaignoit de sa voisine qu'il luy auoit presté vne forme à dix poincts, & qu'elle ne luy en auoit rendu qu'vne à huict, toute l'assemblee a ce bruit s'enfuit ; de maniere, que celuy qui estoit derriere la porte, & qui m'a communiqué leurs affaires, fut contraint de se retirer plustost faute de papier & de loisir que d'encre.

A demain toutes choses nouuelles.

FIN.

www.ingramcontent.com/pod-product-compliance
Lightning Source LLC
LaVergne TN
LVHW012021170826
845678LV00004BA/1588

* 9 7 8 2 3 2 9 6 2 5 7 9 9 *